LA

MUSE BACHIQUE

POÉSIES

PAR CARACOPLASNATIBUS.

J'aime le vin qui fume en sortant des bouteilles,
J'aime les nez rougis, les figures vermeilles,
Et les chants des buveurs, et les dons de Bacchus,
Et les plaisirs plus doux que nous donne Vénus.

VALENCE
IMPRIMERIE DE BERGER & DUPONT,
1874.

Y+

LA

MUSE BACHIQUE

POÉSIES.

LA

MUSE BACHIQUE

POÉSIES

PAR CARACOPLASNATIBUS.

J'aime le vin qui fume en sortant des bouteilles,
J'aime les nez rougis, les figures vermeilles,
Et les chants des buveurs, et les dons de Bacchus,
Et les plaisirs plus doux que nous donne Vénus.

VALENCE
IMPRIMERIE DE BERGER & DUPONT,
1874.

PRÉFACE RIMÉE.

Il faudra crier : gare ! à Messieurs les puristes,
Et cacher ce recueil aux yeux des moralistes.
Les premiers s'écrieront : « Ce sont des vers affreux ! »
Les seconds : « Quel est donc l'écrivain scandaleux,
» Le poète damné dont la verve lubrique
» Attaque si gaiement la morale publique ?
» Anathème sur lui ! » — Laissons passer ceux-ci :
Leurs malédictions sont mon moindre souci ;
Sur moi, sans m'ébranler, éclate cet orage :
C'est à vous, ô lecteurs ! de juger cet ouvrage ;
Je vous prends pour jury ! — Vous direz si l'auteur
Est un fils de Satan, un lâche empoisonneur !
Pas d'inquisition ! — Amis, j'ai voulu rire,
Non blesser... Mon esprit abhorre la satyre.
Quand je chante la joie en vers ébouriffants,
Qu'importent des cagots les vains emportements ?

Mais les premiers, hélas ! sont des gens plus à craindre:
Leur rage contre moi n'est pas prête à s'éteindre ;
Je les entends déjà dans leur zèle dévot,
Me traiter d'ignorant, de rustre, d'idiot !
Ils me diront, sans doute, écumants de colère :
« Cherchez-nous le mot *cric* dans le dictionnaire !
» O prévaricateur de nos plus saintes lois :
» Osez-vous bien mêler le français au patois ?
» Et ne craignez-vous pas les foudres du Parnasse ?
» Grands dieux ! souffrirons-nous une pareille audace ?
» Quoi ! cet auteur banal, sans inspiration,
» Prétend interpréter l'oracle d'Apollon ?

» Jamais ! jamais ! jamais ! — La grammaire outragée,
» Aujourd'hui, par nos mains, doit être enfin vengée !
» A moins que, repentant, abreuvé de douleurs,
» Il ne vienne humblement abjurer ses erreurs ! »
Moi, je leur répondrai sans fureur et sans haine :
« Pour un mal si petit, trop grande est votre peine !
» Pourquoi tant de fracas, de tumulte et de cris
» Quand ce n'est point pour vous, puristes, que j'écris ?
» Allez, allez plus loin, majestueux arbitres,
» Feuilleter nuit et jour grimoires et pupitres ;
» Prodiguez vos sueurs pour la postérité,
» Mais laissez-moi, messieurs, rimer en liberté !
» Cet ouvrage, ai-je dit, n'est point à votre adresse.
» Il célèbre le vin, l'amour, la folle ivresse,
» Le paisible Bacchus perché sur un tonneau.
» Que voulez-vous en faire, ô tristes buveurs d'eau ?
» Pâles compilateurs à faces de carême
» Qui venez vous poser en tribunal suprême ;
» Pour tous vos mots savants, vos travaux érudits,
» Je ne donnerais pas même un maravédis ! »
Mais quel frémissement, ô ciel ! dans cette foule !
C'est horrible ! — On dirait un plafond qui s'écroule !
Et parmi ce cahos, j'entends pousser partout
Ces cris : — « Décidément, monsieur, vous êtes fou !

Hélas ! qui n'est pas fou, chers lecteurs, en ce monde ?
Faites cent fois le tour de la machine ronde,
La lanterne à la main, vous ne trouverez pas
Un homme qui n'ait point sa marotte ici-bas !
L'avare, misérable au sein de l'opulence,
Qui meurt de faim, couché sur un trésor immense ;
Le joueur qui perd tout sur un seul coup de dé ;
Le misanthrope sombre au visage ridé.
Le savant accroupi sur de vaines formules ;
Le rêveur qui poursuit ses songes ridicules ;
L'astrologue pensif qui va toutes les nuits
Observer Jupiter, — et tombe au fond d'un puits ;
Le gros bourgeois qui pose en noble de famille ;
Celui qui croit avoir la vertu d'une fille ;
Publicistes, tribuns, ministres, potentats
Qui veulent diriger la marche des Etats,

Et tant d'autres qu'ici je passe sous silence,
Ne sont–ils pas des fous ? Et toute cette engeance
De fats, d'ambitieux, d'Alcestes, d'Harpagons,
N'aurait–elle pas droit aux petites-maisons ?
Puisque nous sommes tous enfants de la folie,
Que la nôtre soit gaie aimable et réjouie !
Bannissons de nos cœurs la crainte de mourir :
Soyons joyeux ! Buvons jusqu'au dernier soupir !
Quand vous aurez goûté le doux jus de la treille,
Vous me pardonnerez, au nom de la bouteille,
Amis, d'avoir voulu prendre le nom d'auteur,
N'ayant jamais été qu'un pauvre rimailleur !

LA MUSE BACHIQUE

SONNET D'INTRODUCTION.

Quand vous lisez : Muse bachique
Titre de ces faibles écrits,
Voulez-vous qu'encor je m'explique ?
N'avez-vous pas assez compris ?

Non, cet entête magnifique
Doit faire voir à vos esprits
Quels accès de verve comique
Vont s'exhaler dans ces récits.

J'ai goûté la liqueur amie ;
Et j'ai vu, sur ma poésie,
S'étendre un nouvel horizon ;

Car le vin qu'en ces vers je chante
Fait de ma muse une bacchante
Et de ma lyre un mirliton !!!

DIVAGATIONS.

—————

I

ADIEUX AU CHAGRIN.

Pourquoi, toujours rêveur, triste et mélancolique,
Ne faire résonner que des chants douloureux?
Pourquoi faire vibrer la harpe poétique
Avec les sombres cris, les pleurs des malheureux?

Chassons dès aujourd'hui tout signe de tristesse :
Ne songeons qu'à Vénus, ainsi qu'aux doux nectar.
Ne célébrons, amis, que l'amour et l'ivresse ;
Sans regrets, sans souci, buvons à tout hasard !

... Mais qui donc m'importune au milieu de ma joie ?
Qui donc vient m'arrêter en un si beau chemin ?...
Encore un souvenir que mon esprit m'envoie
Quand j'allais m'apprêter à chanter le bon vin !

C'est un reste perdu de mon ancienne lyre
Que j'avais oublié d'expulser à son tour.
— Approche, mon ami. — Que voudrais-tu me dire?
Réponds vite, voyons; puis, quitte ce séjour.

— « Poète ingrat, je suis une de tes pensées
» Que ton cœur enfantait dans ses moments d'ennui ;
» Que tu disais, le jour, aux âmes oppressées
» Et que tu répétais dans l'ombre de la nuit !

» Je reste la dernière... » — Oh ! ma pauvre petite !
Va, je plains bien ton sort ; mais Bacchus me sourit;
Adieu ! — Je ne veux plus de toi. Déloge vite
Et ne viens point encore affliger mon esprit.

Car, vois-tu, maintenant j'aime la gaîté folle,
Les joyeuses chansons, les verres toujours pleins.
De mon cœur délivré la tristesse s'envole
Et j'ai tout oublié dans ces plaisirs divins.

Et la voilà qui part, plaintive, désolée,
En couvrant son visage avec un voile noir...
— Bon voyage, ma belle. Adieu, pauvre exilée !
Fais-mois la grâce au moins de ne plus te revoir ! —

Maintenant, mes amis, que la voilà partie,
Oublions l'importune en vidant nos flacons.
Sans épines cueillons les roses de la vie,
Le vin nous donnera des inspirations !

. . . .

Quels regards étonnés me lancez-vous, compères ?...
Oh ! vous vous défiez ; je le lis dans vos yeux.
Vous craignez que mes vœux ne soient que des chimères,
Que je vienne à trahir tous mes serments joyeux ?

Vous ne protestez pas ? — J'ai donc raisonné juste.
Comment ! vous douteriez de ma sincérité ?
Quoi ! lorsque dans mes vers, chantant un jus auguste,
Je célèbre le vin et sa douce gaîté ;

Quand souvent de Vénus j'enlève la ceinture
Pour montrer à vos yeux tous ses charmes secrets,
Vous m'appelleriez traître ? — Oh ! non ! je vous le jure !
Vous le savez : j'ai fait mes adieux aux regrets.

De tous ces noirs soupçons veuillez dire la cause :
Aurais-je l'air trompeur ? la mine d'un vaurien ?
Ou bien trouveriez-vous à redire à ma pose
De buveur ? — Ce n'est pas cela, je le vois bien.

Enfin, j'ai deviné. — Vous dites que ma verve
N'a pas cette chaleur que donne le doux jus ;
Que j'ai plutôt l'accent de la sage Minerve
Que la noble folie où l'on trouve Bacchus.

Vous dites que je suis trop froid, trop platonique
Et je vous répondrai que vous avez raison :
Oui, je l'avoue, hélas ! la flamme poétique
Semble s'éteindre en moi comme en une prison !

Mais que je connais bien un seul fait qui m'excuse !
Voulez-vous le savoir ? — Eh bien ! non ! devinez !
Devinez ce qui met une entrave à ma muse ?
— J'en vois déjà plus d'un dont s'allonge le nez !

Devinez ! — Mais pourquoi ? — Faut-il toujours se taire ?
Non, braves compagnons ; c'est assez attendu :
Donc.... c'est que je n'ai pas vidé mon premier verre !
C'est qu'il est encor plein ! — avez-vous entendu ?

Bon ! le contentement revient sur vos visages !
Un mal comme cela peut bien se réparer :
Ces mots ont de vos fronts dissipé les nuages.
J'ai cru que de bonheur vous alliez tous pleurer.

Ce qui vaut mieux encor, c'est que je vousvois rire ;
Sur vous s'épanouit la bruyante gaîté.
Prenez tous votre coupe. — Aux armes ! sans mot dire
Buvons tous à la fois !!! — Donc, à votre santé !...

II

APRÈS LE PREMIER VERRE.

Quel prodige, grands dieux ! quelle sublime chose
Impossible à décrire ! — Oh ! verre que jai bu,
C'est à toi que je dois cette métamorphose
Et dans mon cœur ce feu jusqu'alors inconnu !

... Que pourrais-je vous dire, ô mortels dont la foule
S'assemble autour de moi comme autour de son Dieu ?
Est-ce pour m'écouter ? — Non . — C'est que le vin coule,
Et que de l'achever chacun a fait le vœu !

Oh! toi qui verse ainsi cette liqueur vermeille,
Tâche de bien remplir ta noble mission.
Et surtout, en faisant voltiger la bouteille,
N'oublie pas mon grand verre, ô fameux échanson !

Car le divin nectar est le dieu qui m'inspire,
Qui m'élève au-dessus des basses régions ;
Qui donne en ce beau jour des accents à ma lyre,
Me transporte et me plonge au sein des visions !

Ecoutez ! — son esprit s'empare de mon âme !
Un éclair de génie a passé devant moi
Et ma parole va sortir en traits de flamme
Quand je célèbrerai Bacchus, notre seul roi !

Puis l'amour ; cet amour qui ne vient qu'après boire,
Où l'on voit succomber la facile beauté,
Où fillette aux yeux bleus, à chevelure noire,
Se rend à nos désirs de bonne volonté.

... Mais la cruelle soif de nouveau me dévore.
Du vin ! du vin ! du vin ! — Le poète faiblit !
Du liquide vermeil versez, versez encore :
Voyez mon œil qui meurt et mon front qui pâlit !

... Après ce second verre, oui, je me sens renaître,
Je me sens ranimé par sa douce vertu.
Mais pour chercher ma muse et la faire apparaître,
Encore un verre, amis ! — Je n'ai pas assez bu !

Allons, après les trois, vive donc le quatrième !
Qu'un cinquième s'approche et le suive aussitôt ;
Jurons tous de franchir bravement le sixième
Et le septième aussi se videra bientôt !

Ciel : que d'yeux égarés et que de bonnes mines !
Que de belles rougeurs ! que de nez cramoisis !
Silence ! — L'on dirait des moines à Matines.
Modérez, ô buveurs ! vos transports et vos cris !...

Il ne nous manque plus ici que quelques belles
Au sourire enivrant, au sein décolleté ;
De ces belles enfin qui ne sont pas cruelles,
Sur lesquelles on va goûter la volupté !

III

LES BACCHANTES.

Mais quel évènement sublime, incomparable,
Vient de troubler ces lieux ? — Pourquoi les compagnons
Ont-ils d'un seul élan tous déserté la table,
Laissant leurs verres pleins ainsi que les flacons ?

Ah ! c'est que leur ivresse est facile à comprendre !
C'est que là bas on voit..... Tais-toi, mon pauvre cœur,
Car à battre trop fort je pourrais te surprendre ;
C'est que..... Mais c'en est trop ! O surprise ! ô bonheur !

. . . .

Mes belles, approchez... Que vous êtes aimables,
O Bacchantes ! l'amour se lit dans vos regards ;
Le ciel se réfléchit dans vos yeux adorables !
Venez boire avec nous le plus pur des nectars.

Quelle est donc celle-là qui rit de mes paroles ?
Tiens ; — c'est toi Julia ? — viens ici, ma beauté.
Viens t'asseoir près de moi, n'écoute pas ces drôles
Qui veulent t'emmener là-bas de leur côté.

Voilà tout arrangé : soit buveurs, soit commères,
Et maintenant, que tous écoutent l'orateur,
Et que de temps en temps s'entrechoquent les verres,
Afin de célébrer ce spectacle enchanteur :

Bacchus nous réunit sous sa riante égide.
Nous venons l'invoquer en ce jour solennel.
Il inspire nos jeux et Vénus y préside.
Aussi, faisons fumer l'encens sur leur autel,

Que chaque couple heureux se regarde et s'embrasse !
Les bruits de ces baisers seront nos chants d'amour.
Le vin, à ce dernier, cède toujours la place,
Et sans cesse il faut boire et s'aimer tour à tour.

Nymphes de ce séjour, ô beautés attractives
Qui nous enchaînez tous près de vos jupons courts,
Dont nos cœurs sont épris et nos âmes captives,
Prêtez encore un peu l'oreille à mes discours :

Plus de bruit ! car j'aurais quelques mots à vous dire ;
Et je vais... Mais, hélas ! vous ne m'écoutez pas !
A vos heureux amants vous jetez un sourire
A chaque compliment qu'ils font de vos appas.

Certes, je ne veux pas empêcher ; — Dieu m'en garde ! —
Ces doux épanchements de vos cœurs amoureux.
Vous me connaissez bien. — J'aime qu'on se regarde
Et qu'on s'admire aussi d'un œil voluptueux.

Mais tout en échangeant d'assassines œillades,
Vous pouvez à mes vers donner attention ?...
... Non ! je prêche au désert. — En vain par des rasades,
De me faire écouter j'eus la prétention ;

La céleste liqueur a beau, dans ma cervelle,
Faire naître et germer des chants prodigieux ;
J'ai beau sentir en moi passer une étincelle
Du feu sacré que donne un vin délicieux.

Je ne puis dominer le bruit qui m'environne ;
Bruit qui répète au loin vos rires indiscrets...
Sur vos têtes, Vénus effeuille sa couronne
Et les baisers brûlants pleuvent sur vos attraits.

Eh bien ! je vous approuve et je vous encourage,
C'est ainsi seulement que Bacchus est fêté.
Le silence à ce dieu devient un noir outrage ;
Ainsi donc, babillez en toute liberté !

D'ailleurs, si je voulais préparer un exorde,
C'était pour activer la flamme de vos cœurs ;
Pour vous vanter les biens que l'amour vous accorde
Et vous dire : — Cueillez ses plus aimables fleurs.

Mais sur ce beau discours vous avez pris l'avance,
Sémillantes beautés ; vous m'avez prévenu.
Vous vous passez très-bien de ma faible éloquence,
Et vous repentiriez de m'avoir attendu.

Embrassez vos amants ! unissez vos visages !
Qu'ils restent bien longtemps l'un sur l'autre appuyés !
Et si quelques soupirs sont encor dans leurs cages ;
Laissez-les s'envoler ! — Aimez et souriez !

Et toi, ma Julia, viens suivre cet exemple !
Laisse prendre ta taille au gracieux contour ;
Laisse-moi reposer sur ton cœur, sur ce temple
Où l'on rend chaque soir le culte de l'amour !

IV

APRÈS LE DERNIER VERRE.

Cependant, mes amis, vous oubliez de boire ;
Diable ! — seriez-vous donc par hasard amollis ?
L'amour peut-il vous faire oublier votre gloire ?
Quand vous êtes à table êtes-vous sur des lits ?

A vos belles, comptez fleurettes sur fleurettes,
C'est très-bien ; mais aussi, de moments en moments,
Envers ces bons flacons montrez-vous plus honnêtes
Et faites-leur, amis, de nombreux compliments !

Sachez donc que Vénus, si l'on en croit la Fable,
Devint un certain jour l'amante de Bacchus ;
— Ce qui lui fit gagner la pomme redoutable. —
Nymphes, unissez-vous pour imiter Vénus !

Pour arroser l'amour, videz vos coupes pleines,
Le doux nectar rendra vos attraits plus charmants.
Envers vos cavaliers vous serez plus humaines
Et vous abrégerez leurs amoureux tourments.

Vous ne répondez pas... Un général silence
Succède à mes conseils... Vos yeux roulent hagards...
Je comprends... Vous aimez — et votre cœur commence
A soupirer tout bas dans ses tendres écarts ?

Oh ! oui, vous languissez, filles impatientes,
De pouvoir vous trouver avec eux sans témoin...
Je ne vous retiens plus : — allez, chères bacchantes,
Et la belle Vénus vous sourira de loin !

Oui, certe, il faut aimer après le dernier verre.
Le champagne vous met en ébullition.
Allez ! — Vous éteindrez vos feux dans le mystère. —
Vous verrez voltiger et rire Cupidon.

Près de la grande route il est un bois de saules,
Asile bienheureux de tous les rendez-vous.
Volez vers ce bosquet, ô mes charmantes folles,
Afin d'y savourer les plaisirs les plus doux !

. . . .

Le repas est fini ; la foule est éclipsée...
Tous ont abandonné ces lieux chers à mon cœur...
Julia, viens calmer ma brûlante pensée...
Enfin nous sommes seuls... Comprends-tu mon bonheur ?

Que les autres amants, se mettant sous l'ombrage,
S'embrassent à l'abri des saules, des tilleuls ;
Nous sommes mieux ici... Dans l'ivresse je nage...
Je suis fou, Julia !... Comprends ! nous sommes seuls !

V

JULIA.

Nous sommes seuls!... D'abord, éteignons les lumières.
L'amour est bien plus doux à l'ombre qu'au grand jour.
Tes yeux, comme deux feux, brillant sous tes paupières,
De rayons lumineux éclairent ce séjour ! —

N'en gardons qu'une seule à la lueur tremblante,
Ne projetant sur nous qu'une faible clarté...
— Oh! qu'en ce demi-jour tu me parais charmante!
Comme il fait ressortir ta divine beauté!

Ah! ne fais pas ainsi frémir tes deux épaules
Devant moi, car je sens mon esprit égaré!
Sur ma bouche brûlante expirent les paroles!
Tout mon être s'embrase au suprême degré!

Laisse-moi caresser ta blonde chevelure
Qui descend à grands flots sur ton cou gracieux.
Laisse-moi voir ton front à la forme si pure
Et respirer l'amour aux éclairs de tes yeux!

Laisse-moi déposer un baiser sur ta bouche,
— Bouche qui damnerait un ange dans les cieux ! —
Ta gorge se replie — oh ! que ma main la touche!
Dans un contact rempli de transports amoureux!

Et ton sein nu, plus blanc qu'une nappe de neige!
Par pitié, laisse un peu ma joue y reposer! —
La flamme me dévore et le désir m'assiège. —
Oh! Julia! réponds : — Est-ce l'heure d'oser? —

Quoi! tu veux dire non en secouant la tête?
Va, je n'ai jamais pris le change à ces dehors.
Eh! mon Dieu! pourquoi faire aujourd'hui la coquette?
Belle, pour me tromper, tu fais de vains efforts!

Car ton regard brillant, égaré dans l'espace,
Demande le plaisir malgré tous tes refus.
Aussi, ma Julia, vois : je brise la glace...
Le sort en est jeté... Je ne me retiens plus !

Tu recules, cruelle... et dans cette retraite
Tu dessines un bras admirable, enchanteur?
Tu fuis pour m'attirer? Oh! plus rien ne m'arrête!
Ce bras d'albâtre met le comble à mon ardeur !

Je le tiens, cette fois, ce bras plein d'élégance
Dont la peau satinée a frémi dans mes mains.
Mais je sens par degré faiblir ta résistance
Et, s'abaissant sur moi, tes yeux sont plus humains !

De mes baisers de feu je couvre ton visage.
Tu ne recules plus. — Tu commence à pâlir.
Du terme de mes vœux ta pâleur est le gage.
Ton souffle haletant m'annonce le plaisir.

Laisse-moi t'enlever dans mes bras qui t'enlacent
Et d'un seul mouvement t'asseoir sur mes genoux.
O bonheur! tes deux mains dans les miennes se placent.
Approche ta figure, ô belle, embrassons-nous ! —

Tes ébats font flotter ta robe raccourcie.
Que de charmes cachés viennent s'offrir à moi !
Comme on voit frissonner ta jambe si jolie ;
Jambe que ne pourrait payer tout l'or d'un roi !

Mais en te contemplant je ne me sens plus vivre,
Dans les tourments heureux que tu sais me causer :
De tes nombreux appas sans cesse je m'enivre,
Et mon cœur bat si fort qu'il semble se briser !

Ah! je sens le contact de ta blanche figure !
Je sens la pression de ton cœur sur le mien !
Plus de refus cruels ! j'entends un sourd murmure ;
Tes bras entrelacés me font un doux lien.

Là! qu'on est bien ainsi! Comme ton cœur bat vite ;
Tu sens de plus en plus s'accroître ton désir.
Tu ne caches plus rien; tu languis, tu palpite.
A chaque embrassement je te vois tressaillir !

Brûlante, tu me lance un suprême sourire,
On ne voit déjà plus que le blanc de tes yeux;
A mon tour, Julia, dans tes bras je délire.
Pressons-nous, tenons-nous embrassés tous les deux !

Achevons de calmer l'ardeur qui nous anime !...
Je ne puis plus parler dans un moment si beau !...
Nous voilà donc unis d'une manière intime?...

. . . .
Eteignons maintenant notre dernier flambeau !!!...

30 septembre 1872.

RENCONTRE NOCTURNE.

C'était un soir de juin. — La nuit était limpide.
Mes yeux erraient, perdus dans un tableau splendide.
Le feuillage, tremblant au souffle du zéphyr,
Jetait d'un bruissement l'ineffable soupir.
La lune qui brillait à la voûte azurée
Dans l'espace traçait sa lumineuse raie.
Les étoiles formaient son cortége pompeux...
.... Je venais de quitter certains amis joyeux
Dont la réunion, vous pouvez bien me croire,
Avait pour tout objet de chanter et de boire;
Ces deux choses étaient notre but principal,
Voyez-vous. — Au milieu de l'entrain général
N'allez-pas engager un sujet politique
Et discuter les mots : royauté, république;
On n'écouterait pas vos importuns discours.
En buvant, parlez-y plutôt de vos amours;
Sur les filles, le vin, redites une histoire,
Et vous enchaînerez à vous tout l'auditoire.

. . . .

Je goûtais les bienfaits d'un produit généreux,
Et tout en contemplant les étoiles des cieux,
Je sentais dans mon âme un feu de poésie
Qui semblait, dans les airs, élever mon génie.
Que de sublimes vers! que d'inspirations,
Ce soir-là, je devais à mes libations !
Tout me donnait l'amour; tout enchantait mon âme.
Le moindre objet venait accroître cette flamme :
Le gentil rossignol accompagnait ma voix
Quant tout haut je chantais les mystères des bois,
Les rêves de bonheur qu'inspire la nature,
Le silence des nuits, le ravissant murmure

Des arbres que courbait le vent léger du soir...
Mais en rêvant ainsi tout-à-coup je crus voir,
Oscillant sur sa base en certaine cadence,
Une ombre s'agiter à très-peu de distance ;
Je la voyais tourner, avancer, reculer,
Aller à droite, à gauche et toujours chanceler.
Mon esprit, transporté dans la plaine infinie,
Encor tout égaré de cette rêverie,
Ne pouvant sur le champ descendre au positif,
Et de ces mouvements ignorant le motif,
Croyait voir un fantôme aux formes fantastiques
Qui traçait sur le sol des mots cabalistiques ;
Quand soudain j'aperçus le spectre redouté
Tomber en étendant les bras de mon côté.
Puis un bruit formidable accompagna la chute.
... Ma frayeur disparut devant cette culbute :
Un fantôme, un esprit ne tombe pas souvent
Et ne pousse jamais un cri d'étonnement.
Je m'approchais sans peur du nouveau personnage
Gisant sur le pavé sans force et sans courage.
« O toi, lui dis-je alors, qui tombes devant moi,
» A la voix d'un confrère, ami relève-toi !
» Car sans savoir ton nom, ton pays, ta demeure,
» En toi je reconnais un buveur... A cette heure
» On ne balance pas tout le long du chemin
» Sans avoir courtisé quelques flacons de vin.
» Oui, ta chute à mes yeux a grandi ton mérite !... »
A ces mots rassurants, soudain l'homme s'agite.
Je lui tends une main secourable, et bientôt
Il se trouve debout... Mais voilà qu'aussitôt
Mon pauvre compagnon échappe à mon étreinte.
Il retombe... « Ah ! dit-il, maudite soit l'absinthe !
» Ici je devais voir une jeune beauté...
» Je suis venu trop tard, elle aura déserté !
» — Etre enfant de Bacchus, stupide et triste gloire !
» A partir d'aujourd'hui, non je ne veux plus boire ! —
» C'en est fait !... » — Indigné, je jette un cri d'horreur.

— « Cesse de blasphémer notre dieu protecteur!

» Pourquoi cette fureur? D'où te vient cette haine?

» L'amour vaut-il jamais une bouteille pleine?

» Renierais-tu ta foi pour un seul cotillon?

» Regarde au fond du bois ce joli pavillon!

» C'est le mien... Il contient une cave choisie.

» Tout s'y trouve : Bordeaux, Champagne, Malvoisie!

» Suis-moi! — Nous allons voir ce séjour enchanté!

» Viens goûter les douceurs de l'hospitalité. »

— « Ton éloquence, ami, d'un nouveau jour m'éclaire.

» Tu fais luire en mon âme une vive lumière.

» Je te suivrai partout, compagnon généreux! »

Je le prends sous le bras. — Nous marchons tous les deux.

Comme nous approchions du but de notre course,

Au milieu du jardin, près d'une claire source

Venant battre ses bords de son flot argenté;

Une fille attendait pleine d'anxiété.

Mon ami tressaillit et s'écria : « C'est elle!

» Oh! mon Dieu! c'est Camille! » — Et déjà notre belle,

Palpitante d'amour, s'élançait dans ses bras.

Ma présence auprès d'eux ne les effrayait pas. —

Ils riaient, s'embrassaient. — Je ne puis vous décrire

Leurs baisers, leurs transports, leur amoureux délire.

Mon héros, l'œil hagard et les sens éperdus,

Caressait sa maîtresse. — Il ne chancelait plus!

Cette scène d'amour avait de si grands charmes,

Que je sentis couler de bienfaisantes larmes.

Leur amour m'égayait. — Certes j'étais content

De contempler ainsi ce couple intéressant.

— Je n'ai jamais connu la sombre jalousie...

Ensuite, aux deux amants, je dis, l'âme attendrie :

— « Amis, je suis heureux de voir votre bonheur!

» Une si tendre vue épanouit mon cœur!

» Sans doute, il est charmant de s'aimer à la brune.

» Mais croyez-moi, craignez ce maudit clair de lune.

» C'est un grand importun, un témoin effronté.

» Mieux vaut d'un pavillon la douce obscurité.

» Dans le mien vous pourrez vous baiser sans entrave.
» Voici la clef. — Surtout, n'oubliez pas la cave! »
A peine du soleil brillaient les premiers feux,
Que j'allais retrouver mes jeunes amoureux.
Tout-à-coup un sourire éclaira mon visage :
Les deux oiseaux s'étaient envolés de la cage ;
Non sans avoir vidé force petits flacons.
C'étaient décidément de hardis compagnons,
Dont Vénus n'était pas l'unique souveraine,
Et sachant rendre hommage au bon fils de Silène.
Je le vis aux débris sur la table laissés.
Bordeaux, Beaune, Champagne y gisaient entassés ;
Sans oublier encor le vin de Malvoisie.
— D'un saint recueillement mon âme fut saisie.
Et tombant à genoux, je m'écriai, ravi :
— « Bacchus, dieu tout-puissant, sois à jamais béni! »

1er Octobre 1872.

LE VIN ET L'AMOUR.

J'aime le vin qui fume en sortant des bouteilles;
J'aime les nez rougis, les figures vermeilles ;
Et les chants des buveurs, et les dons de Bacchus,
Et les plaisirs plus doux que nous donne Vénus !

Comment connaîtrait-on le bonheur sur la terre,
Si nous étions privés de l'amour et du vin?
Ce ne serait, hélas ! qu'une vaine chimère,
Un fantôme qui fuit, une ombre passagère,
La tristesse suivrait nos pas dans le chemin.

Alors, adieu la joie ! adieu la folle ivresse !
Adieu les voluptés d'une douce tendresse !
Adieu tous les plaisirs que l'on goûte ici bas !
Plus que le noir chagrin envahissant nos âmes !
Plus que dédain, froideur pour les plus belles femmes
Qui montreraient en vain d'inutiles appas?

Il faudrait renoncer à toute jouissance
Et voir ses tristes jours se consumer d'ennui.
Le temps n'apporterait qu'amertume avec lui.
L'existence serait une longue souffrance.
Il faudrait désormais vivre sans espérance
Et pleurer tristement sur le bonheur enfui.

Sans le vin pourrait-on célébrer un baptême,
Fêter une naisance, arroser un hymen?...
Sans l'amour, que serait le pauvre genre humain?
Il rentrerait bientôt dans le néant suprême.
La terre deviendrait un immense désert
Triste et morne, creusé comme un cerceuil ouvert;
Un sol aride, ingrat, sans couleur et sans vie...
Ce serait le cahos et toutes ses horreurs :

Spectacle plein d'angoise et de sombres terreurs ! —
Une nuit sans limite et d'aucun jour suivie !

Mais l'homme fut créé pour boire et pour aimer.
Dieu lui donna d'abord la femme, puis la vigne ;
Et quand de ses bienfaits il ne le crut plus digne,
Ce fut au fond de l'eau qu'il le fit abîmer.

Fuyons ces beaux parleurs qui, prêchant la sagesse,
En nous faisant jeûner, voudraient nous convertir ;
Qui disent : — « Essayez chaque jour votre caisse,
» Afin que cet essai vous apprenne à mourir. »
Certes, la Mort, messieurs, n'est pas un grand mystère !
Tout le monde franchit ce pas si redouté,
Et cette leçon-là n'est pas très-nécessaire.
Mais puisque nous devons tous quitter cette terre,
Pourquoi de ces jeûneurs suivre l'austérité ?
Profitons des beaux jours à la course éphémère
Et prenons pour mourir le chemin enchanté.

Chantons, aimons, buvons, dans cette courte vie !
Que la joie ici-bas soit notre unique loi !
Tristes sages, suivez notre heureuse folie,
Puis, vidant vos flacons, redites avec moi :

« J'aime le vin qui fume en sortant des bouteilles !
» J'aime les nez rougis, les figures vermeilles,
» Et les chants des buveurs, et les dons de Bacchus,
» Et les plaisirs plus doux que nous donne Vénus !...

4 octobre, 1872.

SI DIEU CRÉAIT ENCORE

COMMENT IL POURRAIT NOUS PUNIR!

Si Dieu voulait punir la pauvre humanité,
Il nous enlèverait d'abord le doux liquide;
Ne nous laissant que l'eau dont le goût insipide
Refroidirait bientôt notre cœur attristé.
Puis enfin, pour finir de combler la mesure,
Il bannirait l'amour de toute la nature.
Mais sur ce dernier point il n'enlèverait rien;
Il ne foudroierait pas le sexe qu'on adore.
Non, Messieurs. Il *créerait* plutôt; — entendez-bien!
Créer, quoi? Devinez. C'est... Devinez encore!
Cherchez comment sur nous s'étendrait son courroux?
... Eh bien, donc! à l'objet d'une brûlante flamme,
Il viendrait *ajouter*..... ce qui manque à la femme
Pour être un homme comme nous!

4 octobre, 1872.

JE TE REVOIS !

Comment ! — C'est donc toi, Marguerite,
Que je retrouve en cet état ? ..
— Sois assez bonne, ma petite,
Pour m'expliquer un peu cela. —
Je t'ai connue honnête et prude,
Fière du voile virginal ;
De l'honneur faisant ton étude.
Par quel événement fatal
Te vois-je en telle compagnie ?
Comment ce changement de vie
A-t-il pu s'opérer si tôt ?
Tant de pudeur t'ennuyait-elle ?
Ton honneur te pesait-il trop ?
Pour rester si sage, en un mot,
Un jour te trouvas-tu trop belle ?
Quelque aimable et jeune garçon
A-t-il tant assiégé ton âme
Que, partageant bientôt sa flamme,
Ton cœur l'ait laissé sans façon
De la volupté qu'il réclame
T'apprendre la douce leçon ?
Te promit-il un mariage
Pour faire aboutir ses projets,
Et, comme tant d'autres sujets,
Après t'avoir donné ce gage,
Après avoir eu ton amour,
T'a-t-il laissée un certain jour
Perdue, errante à l'aventure,
Ne pouvant plus avec fierté
Parler de ta virginité ;
N'ayant que ta belle figure,
Tes yeux aux reflets azurés,

Puis ta bouche couleur de rose
Et, pour tout dire, tes attraits ?
— Après cette métamorphose
Vis-tu passer un autre amant
Qui, t'amenant dans quelque orgie,
Ait levé ta robe rougie
Des flots d'un nectar abondant.
Et, profitant de la nuit noire
Et du vin qu'il t'avait fait boire,
Ait complété ton changement
De vierge pure en courtisane ?...
— Voilà, du moins, ce que je crois ;
Car à voir avec quel air crâne
Dans ce festin tu me reçois ;
A compter le nombre de fois
Que tu viens à vider ton verre,
Je ne puis penser autrement
Et te fais là-dessus, ma chère,
Un bien sincère compliment.

Tu souris à ce mot : — sincère ! —
Tu le prends ironiquement
Et pense qu'un tel compliment
Cache un reproche plus sévère ?
Marguerite, détrompe-toi
Et veuille croire à ma franchise.
Je te félicite, — et, ma foi,
— Il faut bien que je te le dise, —
J'en désire autant aux beautés
Qui, cherchant le bonheur sur terre,
Ignorent encor le mystère
Où se trouvent les voluptés.
Bonheur à celles qui succombent
Ainsi que toi par leur désir !...
Car dans cette chute elles tombent
Sur les tendres fleurs du plaisir...
Ce que j'aime surtout en elles,
Outre leurs faciles amours,

C'est que la plupart de ces belles,
Dans leurs plus provocants atours,
Ne dédaignent pas la bouteille
Dont les charmants petits glouglous
D'elles nous rendent bien plus fous.
Oui, c'est à l'ombre d'une treille
Que nous les trouvons à ravir.
Leurs grâces sont plus enivrantes ;
Leurs yeux brillants nous font mourir.
Aux pieds des divines bacchantes
Nous passons nos jours et nos nuits ; —
Et jamais les mortels ennuis
Ne viennent assaillir nos âmes
Quand nous leur adressons nos vœux. —
Auprès de ces aimables femmes
Nous brûlons tous des plus beaux feux.
— Ce n'est qu'après avoir, — en braves, —
Achevé nos libations,
Qu'au sein de l'ombre nous allons
Nous dire leurs soumis esclaves. —
Leur joug est bien plus attrayant ;
Bien plus douces sont leurs caresses,
Après que d'un vin excellent
Ces divines enchanteresses
Ont arrosé leur cœur brûlant...

Marguerite, tu viens d'entendre
Notre profession de foi
A laquelle tu vas te rendre;
Et qui sera la seule loi
Qui doit désormais nous conduire.
Mais ces mots ont su te séduire,
Je le vois à l'air souriant
Avec lequel tu me regardes.
— Tiens ! — déjà même tu hasardes
Une œillade. — Va, l'on comprend
Tes signes, petite intrigante !
Et sous ton regard qui m'enchante

Se cachent les désirs secrets. —
Mais avant de quitter la table,
Pour lui dire adieu sans regrets,
Il nous faut boire, au préalable,
Un dernier coup. — A ta santé !
A tes grâces ! à ton visage !
A tes charmes ! à ta beauté ! —
Bientôt va sortir de sa cage
Le petit oiseau de l'amour ;
Bientôt, en quittant ce séjour,
Pour aller sous le vert feuillage,
Sur ton sein j'irai reposer. —
Notre réunion, ma chère,
Vient de commencer par un verre
Et doit finir par un baiser !

9 octobre 1872.

L'APOSTAT.

Le lendemain d'un soir d'orgie
Un terrible et joyeux buveur,
Qui sentait sa tête alourdie
Par certaine épaisse vapeur
D'un jus aimé par le compère,
Voulut renier son drapeau,
Et fut au bord d'une rivière
Se guérir en buvant de l'eau.

Il croyait, le pauvre infidèle,
Que c'était un remède sûr,
Contre sa migraine cruelle,
De boire dans ces flots d'azur !...
Il s'approcha de l'onde pure
Croyant y trouver son salut,
Puis, enchanté par son murmure,
— O noir sacrilége ! — il en but ! !

Il en but !... à ce coup horrible,
L'autel de Bacchus en trembla
Et le dieu, de son bras terrible,
Voulut punir notre apostat :
Pendant que dans cette eau limpide
Le traître oubliait les tonneaux,
Survint une vague rapide
Qui l'engloutit au sein des flots !...

17 octobre 1872.

LE VIN FAIT OUBLIER.

(CHANSON.)

Venez, chagrins ! venez sombre tristesse !
Vous seuls serez accueillis dans mon cœur !
Puisqu'aujourd'hui j'ai perdu sa tendresse ;
En la perdant, j'ai perdu le bonheur !

I

Oui, je l'aimais, cette femme infidèle
Qui pour de l'or déserte mon amour ! —
Un séducteur m'a ravi mon Adèle !...
Elle est partie. — Elle a fui sans retour.
Pourtant le soir dans des baisers de flamme,
Dans des moments remplis de volupté,
J'avais reçu les aveux de son âme
Et je croyais à sa fidélité.
    Venez chagrins, etc.

II

C'était hier, par une nuit sereine,
Nous promenions sous les arbres touffus
Que caressait le zéphyr de la plaine.
Là, nos deux cœurs paraissaient confondus ! —
Un cavalier vint à passer dans l'ombre ;
Ses diamants scintillaient dans la nuit.
Il lui fit signe au milieu du bois sombre ;
Elle accepta, puis s'enfuit avec lui !...
    Venez chagrins, etc.,

III

Oubliant tout dans son désir cupide :
—Tendres aveux, serments faits devant Dieu ; —
Elle partit sur un coursier rapide,
Sans m'adresser même un dernier adieu. —
— Moi, je courus après l'indifférente ;
Remplissant l'air de mes cris éperdus,
Je l'appelai d'une voix déchirante ! —
— Bientôt après je ne la voyais plus ! —
   Venez chagrins, etc.

IV

Mais, au milieu de ma douleur amère,
Quel est celui qui vient pour me parler ? —
« L'amour, dit-il, n'est qu'une ombre éphémère !
» C'est dans le vin qu'il faut s'en consoler !
» Je suis Bacchus, je suis ce dieu paisible
» A qui l'on doit le liquide béni ! —
» Je viens guérir ton âme trop sensible
» En te versant le nectar et l'oubli ! »

Adieu, chagrins ! — adieu, sombre tristesse :
Soyez bannis à jamais de mon cœur
Je suis guéri d'une folle tendresse :
Le jus divin m'a rendu le bonheur !

25 octobre 1872.

IMPRÉCATIONS.

Que le ciel maudissant ces hommes détestables
　　　　Et vengeant le tonneau,
Lance, dans son couroux, ses foudres redoutables
　　　　Sur tous les buveurs d'eau !

Que, grâce à nos souhaits, cette clique funeste
　　　　Disparaisse à jamais !
Que ces gens voient sur eux tomber le feu céleste
　　　　Pour punir leur forfaits !

Que pas un ne survive à ce désastre immense
　　　　Qui doit les engloutir !
Que ce grand jour, fatal à toute cette engeance,
　　　　Puisse l'anéantir !

Qu'ils aillent expier l'infâme sacrilége
　　　　D'avoir, sur leur chemin,
Méconnu les bienfaits du dieu qui nous protége
　　　　Et nous donna le vin !

Oui, que par leur trépas la vigne soit vengée !
　　　　Que Bacchus soit content !
Que nous puissions tous voir leur race submergée
　　　　Dans l'eau qu'ils aimaient tant !

Que ce Dieu, pour eux seuls, fasse un second déluge !
　　　　Que tous y soient noyés !
Qu'en vain, contre la mort, ils cherchent un refuge !
　　　　Qu'ils soient sacrifiés !

Que, pour donner exemple au reste de la terre,
  Ces tristes ennemis
Succombent sous le poids d'une telle colère !
  Qu'ils meurent, ces maudits !

Qu'ils meurent ! — Que leurs corps privés de sépulure,
  Pendus aux noirs poteaux,
Dans leur appareil nu deviennent la pâture
  Des voraces corbeaux !...

— Qu'en apprenant la fin de la gent ascétique,
  Nous, fidèles amis
De la noble liqueur dont la vertu bachique
  Réveille nos esprits,

Dans un sublime élan, élevant notre verre
  Vers le ciel irrité,
Nous buvions à Bacchus qui, d'une secte austère,
  Punit l'iniquité !

4 Novembre 1872.

LA VOLUPTÉ [1].

J'entendais souvent dire à plus d'une beauté :
— « *Veuillez me définir ce mot de: Volupté?* » —
J'étais embarrassé d'une telle demande :
Car, comment exprimer cette douceur si grande
Où les sens sont perdus en extase ; où le cœur
Bat avec tant de force à l'aspect du bonheur ;
Où l'on croit posséder le paradis sur terre ;
Où l'on s'égare au sein de cet heureux mystère ;
Où tout l'être agité d'un long frémissement
Semble s'épanouir dans un tressaillement ;
Où les yeux sont hagards de plaisir et d'ivresse ?
Ineffable moment de joie et de tendresse !
Beau songe qui devient une réalité !
Source aux flots caressants de la félicité !
C'est en vain qu'on voudrait, quoi que l'on fasse ou dise,
Soumettre ces transports à la froide analyse.
Pour croire seulement qu'on peut y parvenir,
Il faut n'avoir jamais éprouvé ce plaisir ;
Il faut ne pas savoir que ces baisers aimables
Sont trop grands pour ne pas être indéfinissables.
C'est vouloir abaisser aux démonstrations
Le sentiment si doux de ces émotions.
— Vouloir l'analyser, c'est ne pas le comprendre. —
Oh ! n'essayons jamais, amis, de l'entreprendre !
La Volupté perdrait ses plus tendres appas.
Loin de la définir, jetons-nous dans ses bras :

(1) Les trois sujets suivants ont été composés antérieurement aux
premières poésies de la *Muse Bachique.* — Nous les publions cependant ici, ne croyant pas qu'ils soient déplacés dans ce recueil.

Quand ses plus belles fleurs nous ouvrent leurs calices,
Sachons au moins jouir de toutes ses délices...
— Là, nous éprouverons de brûlantes ardeurs
Qu'aussitôt la beauté guérit par ses faveurs.
Là, muets, haletants et respirant à peine,
Les soupirs s'exhalant dans une chaude haleine,
Nos corps entrelacés à des corps féminins
Frémiront de bonheur à ces baisers divins.
Là, presque délirants dans l'heureuse démence
De ces plaisirs éclos dans l'ombre et le silence,
Etonnés, confondus, perdus, anéantis,
Sentant dans ces transports s'abîmer nos esprits;
Nos yeux ne s'abaissant que sur un beau visage
Où l'Amour semble avoir retracé son image;
Nos bouches n'embrassant que des bouches de feu;
Nos cœurs extasiés comme dans le ciel bleu;
Nos deux bras entourant la taille d'une belle
Qui se pâme d'amour et dont l'œil étincelle,
Qui frissonne d'ardeur, succombe de désir,
Et tout en disant: *Non!* — recherche le plaisir;
Ses soupirs étouffés, ses caresses brûlantes,
Ses regards égarés pleins de flammes ardentes,
Ses étreintes pressant notre cœur sur le sien
Et nous enveloppant d'un amoureux lien;
Tous ces objets divers d'un attrait invincible
Donnent à ce moment un charme irrésistible,
Dont la seule pensée embrase tous les sens
Et les rend aussitôt éperdus, frémissants!...

Je vois que ce tableau vous plaît et vous transporte :
Il réveille une ardeur que plusieurs croyaient morte.
Vous sentez votre cœur soudain s'épanouir.
Votre flamme s'exprime en un seul mot: jouir !
Alors, pour étancher la soif qui vous dévore,
Vous sortez... Dans les champs vous devancez l'aurore,
Vous cherchez une fille aux traits voluptueux,
Belle, aimable et surtout facile, — c'est bien mieux !
Car dans cette recherche on hait la pruderie.

Vous vous en approchez : — « Que vous êtes jolie »,
Lui dites-vous ! — Ensuite, en cette occasion,
Vous lui faites l'aveu de votre passion.
Qu'elle n'ait plus, qu'elle ait encor son innocence,
Votre belle d'abord feindra la résistance.
Mais vous, ne vous laissez pas prendre à ces dehors ;
Pour la persuader vous redoublez d'efforts.
Vous mettez à profit tout le vocabulaire
Des nombreux compliments d'usage en cette affaire.
— Tâchez d'y déployer beaucoup de sentiment.
Puis, ayant bien parlé ce langage éloquent,
D'une main vous touchez sa gracieuse épaule;
De l'autre, pour finir de jouer votre rôle,
Dans un élan d'amour vous caressez le sein
De la beauté, qui voit enfin votre dessein,
Mais qui n'a plus la force alors de s'y soustraire.
A son tour, cette fois, dans ses bras elle serre
Votre corps qui bondit d'allégresse et d'ardeur.
Vous sentez votre cœur appuyé sur son cœur;
Sortant de sa poitrine un cri se fait entendre
Et la belle avec vous tombe sur l'herbe tendre.....

... C'est ainsi que l'on peut goûter la volupté.
Que faut-il pour cela? Gagner la volonté
D'une fille naïve, aimable et caressante
Qui, pour tous vos désirs, se montre complaisante.
Aussi, mes chers amis, si jamais quelquefois
Une femme vous dit de sa plus douce voix
Et cherchant à cacher son plus malin sourire :
— *Expliquez-moi, monsieur, ce que ce mot veut dire?* —
Ne prenez point le change à cette question.
Cette ignorance-là n'est qu'une fiction.
Sans aller vous confondre en de vaines paroles,
Laissez-moi de côté tous les discours frivoles ;
Jouez la passion, tombez à ses genoux
Et dites-lui tout bas : — La Volupté, c'est vous !

Juillet 1871.

POURQUOI ?

(CHANSON.)

Ma belle, pourquoi ce sourire
Que tu me faisais l'autre jour ?
Pourquoi, lorsque ton cœur soupire,
Ne pas avouer ton amour ?
Pourquoi tous les soirs sous l'ombrage,
Belle, viens-tu porter tes pas ?
Pourquoi venir sous le feuillage ?
Pourquoi... si tu ne m'aimes pas ?

Pourquoi cette rougeur timide
Qui te saisit quand tu me vois ?
Pourquoi ton visage candide
Se colore-t-il tant de fois ?
Quand je te demande la cause
De ton maintien plein d'embarras,
Pourquoi me répondre : *Je n'ose !*
Pourquoi... si tu ne m'aimes pas ?

Pourquoi tous ces éclairs de flamme
Qui s'échappent de tes beaux yeux ?
Des rêves secrets de ton âme
Quel est l'objet mystérieux ?
Pourquoi ton cœur bat-il si vite
Quand je te presse dans mes bras ?
Pourquoi cette pâleur subite ?
Pourquoi... si tu ne m'aimes pas ?

Août 1871.

FOLIE DE L'AMOUR.

La femme est un trompeur mirage ;
Un fantôme doux et volage ;
Un sylphe charmant qui s'enfuit ;
Une onde azurée et rapide
Cachant sous son miroir limpide
Un abîme à qui la poursuit.

L'amour sourit à la jeunesse.
Folle d'idéal et d'ivresse,
Elle s'y jette. — Mais hélas !
Sous cette rose que d'épines !
Sous ces apparences divines
Que de malheurs ! que de trépas !

C'est une ombre vaine et perfide ;
Un monstre qui, de sang avide,
Se rit de nos cris et nos pleurs ;
Un assassin couvert de crimes
Qui se plaît à voir ses victimes
Se tordre en d'affreuses douleurs.

Et pourtant, telle est sa magie,
Qu'on adore cette folie
Qui dès l'abord sut vous charmer. —
Et j'aimerais mieux, — sur mon âme, —
Mourir dans les bras d'une femme
Que de vivre sans plus aimer.

Août 1871.

MON AMI VIDEBOCK.

Bien chers lecteurs, vous allez croire
Que le héros de cette histoire
Etait cosaque ou patagon ?
— Abandonnez votre chimère. —
C'est à son amour pour la bière
Qu'il devait ce fameux surnom.
— C'était une des fines lames
De la bouteille et des liqueurs.
Il terrassait tous les buveurs ;
Mais sur le chapitre des femmes
Il était aussi dur qu'un roc,
Mon très-cher ami Videbock !

A voir sa face réjouie,
— Comme une fleur épanouie, —
Ses cheveux blonds, son œil brillant,
L'on eût parié le contraire :
— Oh ! le beau don Juan qu'il doit faire,
Aurait-on dit en le voyant !
Pourtant, notre illustre confrère,
Toujours chantant, toujours joyeux,
N'était rien moins qu'un amoureux,
Pour Cupidon et son mystère
Il était aussi dur qu'un roc,
Mon très-cher ami Videbock !

En vain, courtisanes, grisettes,
Femmes galantes et coquettes
L'avaient provoqué mille fois ;
Sans effort il brisait les chaînes

Dont ces dangereuses syrènes
Voulaient l'attacher à leurs lois.
— « Vous faites erreur, ô lutines !
» Allez au diable ! » — Et sur ces mots
Il vidait Champagne et Bordeaux ;
Car, pour les grâces féminines,
Il était aussi dur qu'un roc,
Mon très-cher ami Videbock !

Mais le sage le plus austère
Ne doit jurer de rien sur terre :
— Un certain soir de carnaval,
Videbock, la mine rêveuse,
Ayant au bras une danseuse,
Suivit sa belle après le bal. —
— Je l'observais avec tristesse. —
Lui, riant, s'approcha de moi :
— « Ami, je t'engage ma foi
» Que ce n'est que par politesse !
» Je suis toujours dur comme un roc,
» — Me dit-il, — foi de Videbock ! — »

Faux serment !... promesse légère ! —
Du séjour de la bayadère
Il ne sortit que le matin. —
Nous le vîmes, la nuit suivante,
Promener sa nouvelle amante
Sous les grands arbres du chemin,
Certe, un punch éclatant de flammes,
Un vin mousseux et pétillant
Lui plaisent toujours tendrement.
Mais à l'égard des belles femmes,
Il n'est plus aussi dur qu'un roc,
Mon très-cher ami Videbock !

11 décembre 1872.

LA MESSE DE MINUIT.

Buvons! rions! chantons! mettons-nous en démence!
Faisons tout retentir du tapage et du bruit!
Jésus vient sur la terre apporter l'espérance...
Parmi les chants d'amour, la joie et la licence,
Nous célébrons ici la Messe de minuit!

I

Entendez-vous ces sons emportés par la brise?
Du haut des sombres tours de notre vieille église,
La cloche qui redit un cantique du ciel,
Porte dans tous les cœurs la paix et l'allégresse.
Au pied des saints autels où la foule s'empresse
Ont déjà résonné ces cris : Noël! Noël!
Nous, amis, nous fêtons la divine naissance
Le verre en main, autour de cette table immense
Où coulent à longs flots le vin et la gaîté.
Sans aller dans un temple où gèle l'eau bénite,
Accueillons, en buvant la liqueur favorite,
Celui qui le premier parla de liberté!

On voit dans la nue
Un ange éclatant
Chantant la venue
Du Céleste Enfant.
— Prodige incroyable!
Songe invraisemblable!
Rêve délectable!

Miracle divin :
L'esprit de lumière
Tient d'une main fière,
Comme une bannière,
Un verre de vin !!! —

Sous le bleu portique
Sillonné d'éclairs,
La voix angélique
Poursuit ses concerts :
— « Oyez, nous dit-elle,
» O troupe fidèle !
» La grande nouvelle
» De ce jour béni !
» Videz tous vos verres !
» Ce sont, ô mes frères !
» Les seules prières
» Qu'il faut aujourd'hui ! »

Buvons ! rions ! chantons ! mettons-nous en démence !
Faisons tout retentir du tapage et du bruit ! —
Jésus vient sur la terre apporter l'espérance. —
— Parmi les chants d'amour, la joie et la licence,
Nous célébrons ici la Messe de Minuit !

II

Que de mets excellents s'étalent sur la table !
Je ne puis en compter le nombre incalculable !
Beaux dindes ! pâtés froids ! poulardes et perdrix !
A la tradition la nouveauté se mêle !
Le nectar généreux à chaque instant ruisselle !
Il coule à flots pressés ! — Tous les buveurs sont gris ! —
Frise-Poil, titubant, l'œil égaré, se lève.
Il chante ses amours. — Oignon-Farci qui rêve,
Oscille, tourne et tombe et poussant un grand cri !
Comme un prédicateur, Brûlot discourt et prêche !

Bruit d'enfer — L'Eveillé brise tout ! — Cascamèche
Mèle sa voix criarde à ce charivari !

Les yeux étincellent !
Les cœurs sont en feu !
Les buveurs chancellent !
Quel tableau, grand Dieu !
Quelle douce vue ! —
— Le bruit continue.
Plus de retenue :
Sous ces cris confus
La salle s'écroule !
Le vin toujours coule
Et l'on boit en foule
A l'Enfant-Jésus !

Coup-d'œil ineffable !
Spectacle enchanteur !
Déjà sous la table
Tous roulent en chœur !
Assiettes cassées,
Lampes renversées,
Chaises terrassées
Gisent sur le sol ! —
— L'ange de victoire,
En criant : à boire !...
Au séjour de gloire
A repris son vol !

Buvons ! rions ! chantons ! mettons-nous en démence !
Faisons tout retentir du tapage et du bruit !
Jésus vient sur la terre apporter l'espérance !
— Parmi les chants d'amour, la joie et la licence,
Nous célébrons ici la Messe de Minuit !

III

Amis, réveillez-vous de votre léthargie ;
Voici, voici la fin de la cérémonie !

Compagnons, suivez-moi, mettons-nous au balcon,
Voyez passer là-bas la troupe des fidèles ;
Hommes jeunes ou vieux, femmes laides ou belles,
Tous se pressent en foule au sortir du sermon. —
— N'apercevez-vous pas sous ces noires fourrures
Se dessiner parfois quelques blanches figures,
Des visages pâlis, par la fraîcheur du soir ?
Oh ! que de seins gonflés battent sous les mantilles !
Elles tremblent de froid, ces pauvres jeunes filles !...
Allons où nous appelle un rigoureux devoir !

Seules les fillettes
Regagnent leurs toits.
— Volons aux conquêtes !
Faisons des exploits !
Tous avec audace,
Courons à la chasse
Du gibier qui passe
Là-bas éperdu !
Dans ce jour sublime
De bonheur intime,
L'on mange sans crime
Du fruit défendu !

Courage ! courage !
Marchons hardiment :
A ce doux ouvrage,
Travaillons gaiement:
Parlons amourettes,
Comptons des fleurettes
Aux belles coquettes
Qu'on vient de bénir !
Brûlants de tendresse,
Sur chaque maîtresse
Goûtons tous : ivresse,
Amour et plaisir !

Ces murs bouleversés où régnait la licence
Ne retentissent plus du tapage et du bruit
Les buveurs sont allés, au milieu du silence,
Des dévotes beautés vaincre la résistance.
— C'est finir dignement la Messe de Minuit. —

26 Décembre 1872.

L'AMOUR FUGITIF.

Tu me dis: adieu? soit! — L'amour volage
Est le seul amour qui plaise à mon cœur.
Une ardeur trop grande amène l'orage.
Changer bien souvent, voilà le bonheur.

En me le disant, tu croyais peut-être
Que je tomberais de suite à tes pieds?
Non, ma belle. — Apprends à mieux me connaître.
Mes anciens romans sont tous oubliés.

Le nôtre ne fut qu'une simple page
Du recueil où sont inscrits mes amours...
A d'autres!... Tu fus un charmant nuage
Qui sur mon ciel bleu resta quelques jours...

La première nuit qui vit notre flamme
Calmer dans nos bras ses feux trop brûlants,
Je ne te promis mon cœur et mon âme,
— (Rappelle t'en bien), — que pour quelque temps.

Depuis eurent lieu d'autres nuits très-belles;
Des baisers d'amour, — baisers enchantés,
Où nous regardions mourir les chandelles
Au bruit des soupirs de nos voluptés!

J'en conviens; c'étaient des plaisirs sans nombre,
Toujours variés, toujours renaissants.
— Oh! comme ton corps s'agitait dans l'ombre:
Comme j'y sentais des frémissements! —

4

Tu ne faisais pas alors ta bégueule ;
Tu ne voilais pas tes désirs secrets ;
Tu ne disais pas : — « Je veux vivre seule !
» Je trouve vos yeux par trop indiscrets ! » —

Souviens-toi du lit où, sur la sculpture,
Tu riais de voir Cupidon tout nu ;
Et des rideaux blancs comme ta figure
Où l'amour avait un chapeau pointu ;

Et du carreau rouge où souvent ta tête
S'appuyait, charmante, en me provoquant ;
Et de cette place où ta chemisette
Prenait ses ébats en polissonnant !

C'était tous les soirs, après une orgie,
Que nous nous rendions à ce lit charmant.
Aucun ne venait tenir la bougie.
Et là nous passions un bien doux moment !...

— Cependant, ma chère, il faut bien le dire :
Tu ne brûlais pas seulement d'amour ;
Et je comprenais, en t'écoutant rire,
Qu'à plus d'un flacon tu faisais la cour ;

Que tu vidais bien quelques bocks de bière,
Verres de vin blanc, coupes de Bordeaux.
Beaucoup me disaient : — « Ami, ta commère
» Connaît les bons coups et les bons morceaux. »

Moi, je répondais : — C'est ainsi que j'aime
Voir une Vénus souper avec moi.
L'amour, le plaisir ne font pas carême.
Il leur faut toujours des festins de roi ! —

Or, plus tu buvais, plus ton œil qui damne
Brillait de luxure en me regardant.
Et tu relevais, d'une allure crâne,
Les plis que faisait ton cotillon blanc.

Toi-même, enlevant ta rose ceinture,
Tu me faisais voir — ce qu'en plaisantant
Ta bouche appelait : — *la cage en nature.* —
Et tu demandais : — l'oiseau tremblottant ! —

Mais qui t'aurait crue haineuse et jalouse ?
Hier, tu me vis porter un bouquet
A Fine, la blonde ; et sur la pelouse
Nous asseoir tous deux au fond d'un bosquet.

Le soir vint.—Bon Dieu! quels cris? quel tapage?
— La fureur avait dressé tes cheveux
Sur ta tête — et fait à ton blanc visage
Des nuages noirs, des sillons affreux !

Tu me menaçais... Je te croyais folle.
Tu m'appelais traître ! infâme ! bandit !
Infidèle ! escroc ! misérable ! drôle !
... Et tu déchirais les draps de ton lit. —

Après avoir bien contemplé la scène,
Sans payer deux sous pour voir ce tableau,
Je me retirais, — pendant que ta haine
S'acharnait encor sur mon vieux chapeau.

Tu viens ce matin, en très bonne forme,
Me donner congé de ton petit cœur.
Tant pis! c'est bien fait!—Mon crime est énorme!
... Quel sera le nom de mon successeur ?

Avant de te fuir pour toujours, ma belle,
Laisse-moi te dire en terme d'adieu,
De bien le choisir et d'être cruelle
S'il n'est pas très-fort... *sur le petit bleu !*

Ne demande pas au ciel davantage ;
Ne réclame pas sa fidélité.
Vois-tu, comme moi, tout homme est volage.
On poursuit toujours la félicité ;

Et de fleur en fleur, on court, on voltige.
Les amants sont tous de vrais papillons.
L'amour, à leurs yeux, perdrait son prestige
S'ils ne voyaient pas plusieurs *cotillons*.

Un seul, c'est bien peu, charmante furie !
L'uniformité rend trop malheureux.
— Belle, réponds-moi... Combien, je te prie,
Jusqu'à ce beau jour eus-tu d'amoureux ? —

Je n'étais chez toi que le cinquantième.
Après moi viendront bien d'autres galants. —
Qui fut infidèle ? — Hélas ! c'est toi-même !
Comme de jupons tu changes d'amants.

Donc, si nous réglons tous les deux nos comptes,
Nous les trouverons balancés au bas...
— Maintenant, va voir barons, ducs et comtes,
Fais-leur adorer tes divins appas. —

Moi, qui dans mes goûts suis bien plus modeste,
Je vais trouver Fine avec ses moutons.
La blonde bergère aura soin, du reste,
De me consoler de tes trahisons !

11 janvier 1873.

RÉALISME.

(SONNET.)

« Honneur ! dit le vulgaire, aux hommes de génie
» Doués par les neuf sœurs du don de poésie !
» Ces hommes sont pour moi des envoyés des cieux ;
» Leur lyre a des accents toujours harmonieux ;

» Leur bataillon sacré, leur cohorte choisie
» Au-dessus des humains lève un front radieux.
— » Le poëte est assi à la droite des dieux
» Et partage avec eux le nectar, l'ambroisie ! » —

— Mortels, détrompez-vous ! Que la réalité
Change au brillant tableau de ce rêve enchanté !
Votre immortel, hélas ! devient un pauvre hère,

Sans vertu, songe-creux, débauché, perverti,
Trouvant parfois la rime au fond de son grand verre !...
. . . .
Tout poète est un fou, s'il n'est un abruti !

25 janvier 1873.

ABATTEMENT ET RÉVEIL.

Souvent j'ai des chagrins que je ne puis décrire
Mon cœur est abîmé dans le doute, et ma lyre,
Muette à mes côtés... repose tristement. —
Je me mets à rêver mélancoliquement.
Le désespoir me prend à la gorge et m'opresse.
C'est au fond de mon âme une morne tristesse.
Le *spleen*, tigre cruel aux griffes de vautour,
Par une nuit profonde a remplacé le jour. —
Douleur affreuse, immense, impossible à dépeindre !
Je n'ai plus même, hélas ! la force de me plaindre !
Je demeure stupide, immobile, hébété
Et comme enseveli dans cette obscurité.
Point de soulagement ! — Parfois je viens à rire
D'un rire douloureux, amer, qui me déchire ;
Tel que doit en pousser, dans l'abîme effrayant,
Le réprouvé couché sur son lit de tourment. —
..... Mais soudain un éclair brille en moi. La bouteille
Apparaît à mes yeux, rouge, pleine et vermeille.
Un verre est à côté. — Je me lève ébloui
Et je vois pas à pas disparaître l'ennui.
Et toi, mon cher joujou, mes amours, ô ma pipe !
Dans tes flots de vapeur le chagrin se dissipe.
Mon front s'est déridé. — Mon visage attristé
A repris ses couleurs et sa sérénité.
Tu guéris tous les maux, ma douce bien aimée !
A travers tes brouillards d'odorante fumée
Je contemple joyeux, mille tableaux riants,
Mille esprits lumineux, mille fantômes blancs,
Mille archanges ailés voltigeant dans la brise...

A mes yeux, tous se change et tout s'idéalise...
La laideur se transforme en suave beauté.
— Et si, dans ce moment, quelque spectre édenté,
Un monstre féminin, une vieille branlante
Se présentait à moi, je la verrais charmante ;
Je la trouverais belle et son sein tout flétri
Paraîtrait rondelet, bien gonflé, bien nourri.
— D'un impossible amour, sentant brûler mon âme,
Je tomberais peut-être aux pieds de cette femme,
Et, dans ma folle erreur, je lui dirais, — ma foi :
— « Ange aux yeux enchanteurs, viens coucher avec moi ! »

2 mars 1873.

RÊVERIE.

La nuit fuyait avec sa parure étoilée...
Les premiers feux du jour éclairaient la vallée.
L'aurore avait laissé sur les plus belles fleurs,
En perles de cristal, la trace de ses pleurs.
Les petits rossignols, cachés dans le feuillage,
De leurs tendres accents égayaient le bocage,
Tandis que le zéphir, dans ces sites charmants,
Apportait jusqu'à moi des parfums enivrants!
Déjà tout s'animait : sur les monts, dans la plaine...
La bergère joyeuse, assise sous un chêne,
Regardait son troupeau qui courait dans le pré,
Sa bouche souriait d'un sourire adoré.
Elle chantait. — Et moi, d'une oreille attentive,
J'écoutais les accents de sa chanson naïve
Que répétaient au loin les échos d'alentour.
L'Eden semblait renaître en ce riant séjour.
La Drôme, aux flots d'argent, à la course rapide,
Venait battre ses bords de son onde limpide.
Le ciel dans ce miroir semblait se refléchir.
Comme une amante en pleurs on l'entendait gémir...
Son murmure, montant du pied de la colline,
Se mêlait au concert de la forêt voisine
Que faisait frissonner la brise du matin.
Parfois un papillon, volant dans le jardin,
Sans crainte d'être pris, effleurait mon visage ;
Puis il allait encore, inconstant et volage,
Savourer à loisir le calice des fleurs,
Dont son aile imitait les brillantes couleurs.

En voyant les effets de cet aspect splendide ;
En laissant dans l'espace errer mon œil avide ;
En écoutant la voix suave des oiseaux,
Le vent qui frémissait à travers les roseaux,
Mille petits bruits sourds, vagues, pleins d'harmonie ;
Charmé de ce tableau rempli de poésie,
Sentant vers l'infini mon esprit s'élever,
Transporté d'idéal, je me mis à rêver.

Je rêvais, quoi ? faut-il le dire ?
Une foule d'objets divers :
Une nymphe au charmant sourire
Murmurant d'ineffables airs ;
A chaque source une naïade
Versant à grands flots la cascade
De ses eaux aux reflets d'azur ;
Une syrène enchanteresse
Cachant le trépas sous l'ivresse
Que provoquait son regard pur !

Autour de moi, ces bois magiques
Se remplissaient à tous moments
D'apparitions fantastiques,
De songes et d'enchantements.
A chaque instant de dessous terre
Surgissait un nouveau mystère,
Une nouvelle illusion,
Sous le bâton de cette fée,
Capricieuse et décoiffée,
Qu'on nomme imagination.

Quand le souffle du doux zéphyre
Courbait les arbres du vallon,
Je croyais entendre une lyre
Que faisait vibrer Apollon...
Je voyais, rêveur solitaire,
Le bel Adonis et Cythère
Se tenant tous deux embrassés.

Puis des Satyres, puis des Faunes
Courant, agiles, sous les tonnes
Que formaient, des pins et des aunes,
Les verts rameaux entrelacés!

Puis, tout ce cortége innombrable
De héros et de demi-dieux
Qu'avait jadis créés la Fable,
Disparut enfin à mes yeux...
... Sous les arbres du paysage
Répandant autour leur ombrage,
Je croyais voir deux amoureux,
Par de brûlants baisers de flamme,
Du feu qui dévorait leur âme
Se faire les tendres aveux!

Oh! qu'en cette heure fortunée
Je composais de beaux romans !
A chaque intrigue imaginée
J'ajoutais d'heureux dénouements:
C'étaient des baisers, des caresses,
Des serments, des folles promesses,
Des mots d'amour et des soupirs !
Et par instant, sur la verdure,
Eclatait le vague murmure
D'amants perdus dans leurs plaisirs !

Je laissais, sans frein et sans trève,
Voltiger mon esprit charmé.
Au rêve succédait le rêve,
Dans ce paradis embaumé.
« Oh ! me disais-je avec envie :
» Dans cet Eden passer sa vie
» Serait l'idéal du bonheur!
» Parlez-moi d'un tel hermitage !...
» Peut-on désirer davantage
» Que de venir dans ce bocage
» Contempler la nature en fleur ? »

Mais un bruit, coupant court à cette rêverie,
Vint, soudain mettre un terme, en mon âme ravie,
Aux songes que cette heure avait fait naître en moi.
C'étaient des bruits de voix mêlés au choc des verres.
Je m'approchais, craintif — et je vis deux confrères.
Qui, m'ayant aperçu, riaient de mon effroi.

Près d'eux gisaient déjà quatre bouteilles vides.
« Oh! m'écrirai-je alors ; oh! buveurs intrépides !
» Fidèles compagnons : je viens me joindre à vous !...
» Depuis l'aube du jour je médite et je songe.
» Calmez ma soif terrible et la faim qui me ronge !
» Un verre, et maintenant rions comme des fous!

» Adieu donc, pour toujours, beaux projets d'hermitage !
» Des rêves insensés je déchire la page !
» Je veux boire et chanter la céleste liqueur !
» Laissons aux buveurs d'eau l'églogue et l'élégie !
» Vivent la gaîté franche et la joyeuse vie!
» Seul, le vin désormais doit réjouir mon cœur !...

18 avril 1873.

LES VICTIMES.

Hélas ! que j'en ai vu mourir de jeunes filles.
Victor Hugo.

Elle aimait trop le bal, c'est ce qui l'a tuée.
V. H.

Hélas que j'en ai vu tomber de lourds colosses !
— S'il leur était permis de sortir de leurs fosses,
S'ils pouvaient revenir sur terre un seul moment,
Tous nous diraient, l'œil terne et la voix presque éteinte :
— « Amis, oh ! croyez-nous ! ne buvez plus l'absinthe,
» Cette source de mort et d'abrutissement !... »

Que j'en ai vu tomber ! — L'un, géant effroyable,
Semblait porter aux cieux sa tête épouvantable. —
Nul de nous ne pouvait le fixer sans frayeur.
Sa main déracinait des arbres séculaires.
Mais la liqueur perfide, aux caresses amères,
Le cloua, jeune encor, sur un lit de douleur !

L'autre, immense fût rond à face rubiconde,
Avait pour la bouteille une amitié profonde.
A trente ans il quitta ses amis éperdus.
J'entendis à sa mort ce buveur indomptable
S'écrier : — « Douce absinthe ! ô poison délectable !
» Il faut partir ! — adieu ! je ne te boirai plus ! »

Un autre, nez rubis sur figure replète,
Bohême montagnard et bachique poète,
Trouvait dans la débauche un fluide inspirateur.
Près de lui, recouvert d'une chanson dernière,
On découvrit, après qu'il eut clos la paupière,
Un verre inachevé de la verte liqueur.

Un autre n'avait pas toujours connu l'ivresse
Que donne à ses amants la sombre enchanteresse.
C'était un magistrat doux, honnête et rangé.
Partout les gens de bien le prenaient pour modèle.
Mais un soir il surprit son épouse infidèle
Dans les bras d'un galant qu'il avait hébergé.

Le désespoir le prit. Il but. — La folle orgie
Le conduisit bientôt au lit de l'agonie...
Ses amis étaient là, pleurant déjà sa mort.
Il leur cria d'un ton qui vous arrachait l'âme :   [femme !
— «Je meurs !... Mes deux bourreaux sont l'absinthe et ma
Adieu !... souvenez-vous de mon funeste sort ! »

. . . .

Mais ce qui reviendra sans cesse à ma mémoire
Pour me faire frémir, c'est la lugubre histoire
Dont j'ai vu de mes yeux le fatal dénoûment :
C'est l'horrible trépas d'une vieille mégère,
— *Adorable beauté, tendron sexagénaire,* —
Que l'on voyait partout marcher en chancelant.

Son front, hideux et chauve, était couvert de rides.
Des tâches de rousseur marquaient ses traits livides.
Son nez démesuré paraissait cramoisi.
Elle branlait la tête ainsi qu'une sorcière.
— Enfin, j'ajouterai qu'elle était boulangère
Et ressemblait assez à monsieur son mari. —

On disait qu'en son temps elle avait été belle,
Aimable, gracieuse, — et surtout peu rebelle
Aux déclarations d'un essaim d'amoureux.
Son cœur avait reçu plus d'une tendre flèche.
Hélas ! ce n'était plus qu'une carcasse sèche,
Un cadavre vivant sans dents et sans cheveux !

Elle aimait trop le *cric,* c'est ce qui l'a tuée !
— Sa cendre encor frémit, doucement remuée;

Son corps, qui tout à coup se lève en tressaillant,
Frappe de son cercueil la sépulcrale voûte,
Lorsqu'elle entend passer, près de là, sur la route,
Un groupe de buveurs qui s'en vont en chantant.

Au milieu de la nuit, à l'heure où tout repose,
Elle allait s'enfermer dans une chambre close
Fermée à double tour contre les indiscrets.
Là, seule, à la clarté d'une pâle bougie,
Ayant à ses côtés un flacon d'eau-de-vie,
Elle se délectait et buvait à longs traits.

Quelquefois son mari partageait avec elle
Ce bonheur. —Ils buvaient ! —Couple tendre et fidèle ! —
Ils riaient... — Mais bientôt c'étaient des hurlements :
La Dispute agitait sa bannière sanglante.
Alors, on entendait dans la chambre tremblante
Des injures, des cris et des trépignements.

Homérique combat, gigantesque bataille !
Aux mains des deux époux tout servait de mitraille !
Verres, tables, flacons, chaises et tabourets ;
Coups de pied, coups de poing, soufflets, égratignures
Se succédaient sans trêve, et d'horribles blessures
Rougissaient de leur sang ces murs épouvantés !

Le mari triomphait. — Son épouse meurtrie,
Air hagard, robe au vent, effrayante furie,
Sortait en proférant des malédictions.
Le tapage croissait... — Et déjà la cohue,
Réveillée à ce bruit, se pressait dans la rue,
La poursuivant de cris et d'imprécations.

A quelques pas de là, dans un sombre passage,
Etait un café borgne où, pour calmer sa rage,
La vieille allait chercher un refuge assuré.
D'abord, toute aux projets de haine et de vengeance,
Elle étanchait sa soif, et la douce espérance
Renaissait aussitôt dans son cœur éploré !

Oh ! si dans ces moments de jouissance intime,
Quelque démon, sorti de l'infernal abîme,
Fût venu l'avertir de son destin affreux,
Elle aurait en riant reçu la prophétie ;
Et cependant la Mort... Mais ma plume engourdie
Tremble, et n'ose achever ce récit douloureux !

Un soir, on pouvait voir la vieille boulangère
Près de son four brûlant ; — telle qu'un noir Cerbère
Qui garde en rugissant le séjour ténébreux. —
Tout-à-coup,—(soutiens-moi, Muse ! vierge immortelle !)—
Echappée au foyer, une rouge étincelle,
En volant, vint tomber dans son gosier en feux.

O terreur ! — Dans son sein les liqueurs s'enflammèrent !
Le cognac et le rhum comme en un punch brûlèrent.
La vieille se tordit dans d'atroces douleurs !
Effroyable supplice ! elle brûlait vivante,
Sans espoir ! Et bientôt de sa bouche fumante,
Sortirent en sifflant de sinistres lueurs !

C'était affreux à voir, lecteurs ! — Jamais le Dante,
En décrivant l'enfer, n'égala l'épouvante,
La formidable horreur d'un semblable tableau ;
L'effroi qui s'empara de la foule transie,
Lorsqu'elle vit passer ce mobile incendie
D'où s'échappait ce cri désespéré : — « De l'eau !!! »

Aucun ne s'approcha de la noire Gorgone...
La foule, croyant voir Belzébuth en personne,
S'éloignait en faisant de grands signes de croix.
— « C'est Satan ! c'est Satan venu de l'autre monde !
» Protégez-nous, mon Dieu ! contre l'esprit immonde !»
Et tous, saisis de peur, restaient sourds à sa voix !

Souffrant mille tourments, la pauvre abandonnée
Courait, courait toujours comme une forcenée.
Oh ! qui put contempler, dans cette sombre nuit,
Le spectacle effrayant de ce démon farouche

Projetant à grands flots les flammes par sa bouche ;
Dévoré par le feu qu'il portait avec lui !

Enfin la boulangère, à demi-consumée,
Vint, sur le bord d'un puits, tomber inanimée.
Elle poussait encor les derniers râlements.
Puis tout fut terminé ! — Cet horrible cratère
Eteignit son courroux. — La hideuse mégère
N'était plus qu'un amas de restes tout fumants ! —

Et dans le même instant, sous un épais nuage,
La déesse des nuits dérobait son visage...
Le paysage entier dans l'ombre était plongé.
Et l'on n'entendait plus, au sein de ces ténèbres,
Chanter le rossignol... Seuls, les hibous funèbres
Jetaient au loin leur cri plaintif et prolongé !

6 Mai 1872.

LE MOIS DE MARIE.

———

Voici le mois des fleurs nouvelles,
Mois des roses et des amours!
La nature a mis ses dentelles
Et revêt ses plus beaux atours.
La douce haleine du zéphire
Fait frémir le feuillage vert.
Des oiseaux le joyeux concert
Fait épanouir un sourire
Sur le visage des amants
Perdus dans leurs embrassements.

Mais, — ô poète trop volage!
O rimeur trop audacieux ! —
Pourquoi vouloir du vert bocage
Dire les secrets amoureux ?...
Dans mon libertinage impie,
J'oubliais — oh ! pardonnez-moi,
Très-chers lecteurs, mon peu de foi, —
Que l'on est au mois de Marie !
Allons, rêveur, pour plaire à Dieu,
Suis les dévotes au saint lieu.

Vois-tu cette troupe gentille
De beautés aux brûlants regards ?
Quoi ! débauché, sur chaque fille
Déjà rouler des yeux hagards !...
Ah ! quand le souffle de la brise
Caresse leurs flots de cheveux,
Sois donc sage ! — baisse les yeux ! —

Laisse-les entrer à l'église ;
— Et surtout, pour ne pas plier,
Eloigne-toi du bénitier !

Etonnement !... surprise extrême !...
Les trois quarts manquent à l'appel :
Quel diabolique stratagème
Est venu leur ravir le ciel ?
Hélas ! quand déjà sur la porte
On entendait leur pas lutin,
Devant elles parut, soudain
De jeunes gens une cohorte
Qui, sans combat et sans retard,
Les emmenèrent à l'écart !...

Laissons aller ces pécheresses
Où le démon les conduira.
— Oh ! qu'il faudra dire de messes
Pour effacer ce péché-là !—
Regardons les filles fidèles
A genoux auprès de l'autel.
Quel recueillement solennel
De la part de toutes ces belles !...
Oh ! certes, celles-là, du moins,
Ne suivront pas des libertins !

La douce lumière des cierges
Qui brûlent sur l'autel coquet.
Illumine leurs fronts de vierges
D'un pur et céleste reflet...
Mais, quel effroyable vacarme ?
C'est à rendre le diable sourd !
Déjà s'est arrêté tout court
L'abbé, capucin, moine ou carme
Qui d'un formidable sermon
Les régalait à sa façon.

Au fond entre une foule immense
De débauchés et d'étourdis...

— Quoi ! la divine Providence
Aurait converti ces bandits ?
Eux, des dévots?... C'est un prodige !
Lourdes n'en a pas de pareil !...
— O bonheur ! spectacle vermeil ! —
Pour ma part, j'en prends le vertige ;
— C'est incroyable ! — Pour le coup,
Je veux écrire à Dupanloup !

Le diable s'est bien fait ermite,
Dira-t-on. — Ce sont des *malins*
Que ne fait pas fuir l'eau bénite.
— Vivent donc de tels diablotins ! —
Mais modérons notre allégresse...
Ces polissons lorgnent déjà
La troupe féminine. — Holà ! —
C'était une trompeuse ivresse,
Car les beautés, je l'ai trop vu,
A leurs signes ont répondu !

D'ailleurs, quand dans le sanctuaire
On vient prier après le jour,
Porte-t-on à la boutonnière
Une belle rose d'amour ?
Et sur le nez vous voit-on mettre
Un lorgnon comme à l'Opéra ?
Pourquoi Claudine, Rose, Emma,
Camille, Laure, et cætera,
Bien loin de regarder le prêtre,
Fixent-elles à chaque instant
Les beaux lorgneurs en souriant ?

L'orthodoxe révérend père
A repris son pieux sermon.
Sa parole est grave et sévère...
«Mon Dieu ! que son discours est long!»
Tel est des jeunes gens frivoles
L'interminable et dur refrain...

— Heureusement le capucin
Vient de finir... Fillettes folles
Ont déjà, — sacilége affreux !! —
Pris les bras de leurs amoureux !

De cette belle comédie,
Voici le plus charmant tableau :
En sortant du Mois de Marie
On va s'embrasser sous l'ormeau.
Les baisers, les folles caresses
Donnés à la blanche clarté
De la lune au front argenté,
Des étoiles enchanteresses,
Hélas ! font oublier souvent
Le premier acte, — au dénouement !

Qui va penser à la prière,
A la Vierge ainsi qu'à ses saints,
Quand, plus haut que la jarretière,
Un fripon passe les deux mains?
Quand, dans une étreinte enflammée,
Faisant de ses bras un lien,
Son audace n'a peur de rien,
Et que sa tendre bien-aimée
Répond à son brûlant désir
Par un ineffable soupir?

Ah! si le révérendissime
Ministre du culte divin
Rencontrait une paire intime
D'amants, tout près de son chemin,
Quelle fureur sainte, indignée,
Il aurait en reconnaissant
La fillette au cotillon blanc
Dans les bras d'un autre, cognée!
— « Ciel ! dirait-il C'est une horreur !
» Elle appartient au Sacré-Cœur! »

Mais à ces dévotes avides
De plaisir et de volupté,
Qu'importent les sermons arides
D'un moraliste calotté ?...
Elles se pâment, les damnées,
Sous les baisers de leurs amants;
Dans ces voluptueux moments,
A la luxure abandonnées,
Elles font ce que fit jadis
Plus d'un élu du Paradis!

Près de son foyer où pétille
La flamme d'un chêne noueux,
Tout seul, le père attend sa fille :
« Un tel retard est dangereux, »
Dit-il. — Puis tout-à-coup la porte
S'ouvre. — Pâle comme une morte,
Sa fille paraît devant lui.
—«Grand Dieu! qui t'a changée ainsi?»
— « Papa! la prière... l'extase!... »
— « Toujours ton éternelle phrase !
» Au diable ce mois de malheur
» Qui te pâlit à faire peur ! »

. . . .

Tartuffe est bien toujours de mode! —
Voyez ce suppôt de l'Enfer,
Ce séducteur maudit qui rôde
(Vrai délégué de Lucifer),
Près d'un bénitier où s'arrête
Une ravissante beauté.
A ce personnage enchanté
Il présente d'un air honnête,
L'eau bénite en baissant la tête!
Puis, il lui murmure tout bas :
— « Ce soir! sous les accacias !!! »

12 Mai 1873.

CHANTS FUNÈBRES.

I

MORTE !

J'ai l'autre jour, — plaignez mon sort ! —
Fait une découverte horrible :
Pour un sujet sombre et terrible,
J'appelai ma muse aux doigts d'or.

Mais, hélas! j'eus beau crier fort
Elle resta froide, insensible...
— Sur elle avait passé la mort !

. . . .

Ce fut un coup irrésistible !

Je fis venir un médecin.
Vite, il accourut, — mais en vain! —
« En elle la vie est éteinte,

» Dit-il... Poète malheureux !
» La nymphe a fermé ses beaux yeux
» A son dernier verre d'absinthe! »

II

AU CIMETIÈRE.

Oh ! j'ai vu ta paupière close !
Tu viens de partir sans retour !
Ta froide dépouille repose
Dans ce morne et triste séjour !

Adieu, petite fleur éclose
Sous un premier baiser d'amour !
Ephémère comme la rose,
Belle, tu n'as duré qu'un jour !

Tu fus une tendre maîtresse !
Ma compagne des jours d'ivresse ! —
Et maintenant, sur ce tombeau

Qui renferme mon espérance,
Je viens faire, en grande abondance,
Libations de vin nouveau !

III

DERNIERS REGRETS.

Adieu ! — Tout est fini ! Ma belle est trépassée !
Seul, son doux souvenir revit à ma pensée.
    Elle, au fond du cercueil,
Dort là-bas à jamais dans sa froide demeure !...
Depuis ce moment-là je soupire, je pleure
    Et je porte le deuil !

Ce deuil, deuil éternel d'une âme de poète,
Ne s'étalera pas en noir sur ma toilette,
    Deuil perfide et trompeur !
Non : Mais c'est le chagrin qui courbera ma tête,
Qui rendra désormais ma voix toujours muette !
    — Le deuil est dans mon cœur ! —

On entendait jadis quelques chansons joyeuses,
De bachiques refrains, des strophes amoureuses,
    Des odes, des sonnets :
C'était ma bien-aimée au céleste sourire
Dont les chants inspirés résonnaient sur ma lyre.
    — Moi, je les répétais ! —

Hélas ! — Elle n'est plus ! — Le noir souffle d'automne
Qui flétrissait les fleurs de sa blanche couronne
      A causé son trépas !
Hier, elle accourut vers moi, faible et plaintive,
Et je la vis alors, tremblante, convulsive,
      Expirer dans mes bras !

Oh ! si je décrivais dans ces pages fatales
Le sourire d'amour qui, sur ses lèvres pâles,
      Venait errer encor,
Son regard défaillant et sa figure blême
Que ridait la souffrance à ce moment suprême
      Qui précède la mort ;

Si je vous redisais ses paroles dernières
Pleines de désespoir, sanglotantes, amères
      A vous percer le cœur,
Oui, vous verseriez tous des larmes éplorées,
Lecteurs ; et je verrais, vos âmes déchirées
      Partager ma douleur !

Mais ce sont des secrets enfouis dans la tombe !
Et je craindrais de voir revenir ma colombe,
      Le regard foudroyant,
Les traits bouleversés d'une sainte colère,
Me reprocher d'avoir, dans ma verve légère,
      Violé mon serment.

Oh ! ne soulevons pas ce voile mortuaire !
Amis, nous troublerions son repos funéraire
      A l'ombre des cyprès !
Puisqu'il faut aujourd'hui vivre sans espérance,
Laissez-moi seul ici dévorer en silence
      D'inutiles regrets !

Regrets qui laisseront une éternelle trace !
Qu'un cœur sec où l'amour n'a pas trouvé de place
      Ne comprendra jamais !

Regrets pareils à ceux qu'au fond du sombre abîme,
Dans l'ardente fournaise où Dieu punit le crime,
    Eprouvent les damnés !

En pensant au trépas de ma Muse fidèle,
Je veux pleurer toujours ; car elle était si belle !
    Son œil était si pur !
Sa bouche, où paraissaient s'épanouir les roses,
Etait si provocante ! — On lisait tant de choses
    Dans ses regards d'azur !

Maintenant qu'elle dort sous la pierre glacée,
Comme un divin fantôme, une douce pensée
    Voltige autour de moi.
Je crois l'entendre encor, brillante de jeunesse,
Me dire, de sa voix candide, enchanteresse :
    « Oh ! je n'aime que toi ! »

... Les premiers temps, c'était une vierge craintive,
Les yeux toujours baissés ; une ombre fugitive
    Se sauvant à mes cris ;
Ignorant de l'amour la douceur inconnue
Et laissant chaque soir, par sa fuite imprévue,
    Le trouble en mes esprits !

Un an plus tard, c'était une femme attristée,
D'un mal mystérieux, nuit et jour visitée,
    Versant des pleurs amers.
De tous les malheureux elle disait la plainte,
Et l'affreux désespoir laissait sa lourde empreinte
    A chacun de ses vers.

Puis son luth indigné vibra pour la patrie.
Quand elle eut vu planer sur la France meurtrie
    L'ignoble trahison,
Elle fit dans les airs entendre un cri de guerre !...
Sa voix, dans la mêlée horrible et meurtrière,
    Gronda comme un canon !

Au fond de tous les cœurs elle souffla la haine.
Et, voyant se mourir l'Alsace et la Lorraine
    Sous les pieds allemands,
La fille d'Apollon pleura ce deuil immense.
On entendit, mêlés à ses chants de vengeance,
    De sourds gémissements !

Mais un jour de printemps, la superbe amazone,
De feuilles et de fleurs se fit une couronne...
    Elle alla dans les champs ;
Celébrant dans ses vers les dons de la nature,
Les vergers, les coteaux, les arbres, la verdure,
    Les agneaux bondissants.

Ou bien encor, derrière un massif de feuillage,
Elle allait écouter l'aimable babillage,
    Les aveux dépouillés
D'emphase et de raideur, que venaient faire entendre,
Croyant être cachés, un couple jeune et tendre
    D'amants extasiés !

Par une belle nuit de plaisir et d'orgie,
Vidant à larges traits le rhum et l'eau-de-vie,
    Rieuse jusqu'au jour,
De robe elle changea de nouveau, l'inconstante !
Mit à nu son beau sein, devint une bacchante,
    Chanta le vin, l'amour !

Cet amour que chantait ma belle humouristique,
Ce n'était, certes, pas la flamme platonique
    D'amoureux languissants
Qui vont, lorsque la nuit étend au loin ses voiles,
Poursuivre une chimère et jeter aux étoiles
    Leurs soupirs impuissants.

C'était l'amour folâtre, à la mine vermeille
Qui sort tout frémissant du fond d'une bouteille,
    Jurant et trébuchant...

Ma bonne amie avait les cheveux en désordre :
Comme une courtisanne elle savait se tordre
　　Avec raffinement.

Les blanches voluptés marbraient ses lèvres roses.
Sur son lit de duvet elle prenait les poses
　　Qu'indique l'Arétin ;
Sans avoir jamais lu l'épouvantable livre
Qu'osa faire paraître, un jour qu'il était ivre,
　　Cet auteur libertin.

Comme j'aimais la voir, avide de luxure,
Au milieu d'un festin enlever sa ceinture ;
　　Rire lascivement ;
Lancer en se levant, des notes égarées :
Ou bleuir sa figure aux flammes azurées ;
　　Du punch étincelant !

Mais la mort s'avançait, terrible, inexorable ;
Ma belle qui souffrait d'un mal inguérissable,
　　Près du dernier soupir,
Me dit : « L'heure a sonné. — Bientôt pauvre poète,
» Tu ne me verra plus ! » Elle inclina la tête
　　Et je la vis mourir !

Elle n'a pour tombeau qu'une humble pierre grise
Dans un endroit désert que vient battre la brise :
　　Asile ténébreux
Où ne pousse pas même une fleur solitaire...
La voilà pour toujours sous cette ingrate terre,
　　— Elle, un ange des cieux ! —

Et moi, que depuis lors le pâle ennui dévore
Sans repos, sans merci ; mon front n'a pas encore
　　Vu fleurir vingt printemps ;
— Et je marche courbé comme un octogénaire !
J'ai vu s'évanouir ma jeunesse éphémère ! —
　　— Oh ! si vieux à vingt ans !! —

..... Que vois-je ? — juste ciel ! je reconnais son ombre !
— « Ah ! me dit-elle ; ami, plus de tristesse sombre !
   » Ton chagrin doit finir !
» Submerge la douleur dans des flots de madère.
» — Si tu veux qu'à mon corps la terre soit légère,
   » Bois à mon souvenir ! —

» Que ta lâche frayeur à ma voix disparaisse !
» Comme par le passé, montre moi ta tendresse
   » En te gorgeant de vin !
» Et quand la mort viendra te prendre sur ses ailes,
» Je veux qu'elle te trouve auprès de quelques belles,
   » Ivre, — et le verre en main ! »

17 octobre 1873.

TABLE

www.ingramcontent.com/pod-product-compliance
Lightning Source LLC
Chambersburg PA
CBHW060444260626
47161CB00005B/2062